Hallo,
ein Fahrrad wie Tom Turbo
war als Kind immer mein Traum.
Seit vielen Jahren schreibe ich nun
Toms Abenteuer als Buch- und TV-Serie.
Er ist ein außergewöhnlicher
Freund für mich geworden.
Viel Spaß beim Lesen und Lösen!

www.thomasbrezina.com

Thomas
Thomas Brezina

Thomas Brezina

LESESTARK mit TOM TURBO

DER RASENDE RITTER

Illustrationen von

Gerardo Baró und Pablo Tambuscio

G&G

Hallo!

Wie heißt du?

Mein Name ist ....

Ich bin TOM TURBO.
Das tollste Fahrrad der Welt.

Das ist unser neuer Fall:

DER RASENDE RITTER

Löse mit mir und meinen Freunden Karo und Klaro die Rätsel. Ich habe viele Fragen an dich. Hinten im Buch findest du geheime Nachrichten als Sticker.

Finde den Sticker **1**, der hier hineinpasst. Klebe ihn auf.

GEHEIM: Ich soll dieses Fahrrad bewachen.

Jetzt geht es los!

Meine Freunde wandern mit ihrer Klasse zum Eulensee.

Veronika und Tobias spotten gerne.

Der Wind reißt Boss 1 den Hut vom Kopf und trägt ihn fort.

Wo ist der Hut?

Ich bin im Museum von Frau Rädchen. Ab Samstag wird hier das Diamanten-Rad ausgestellt. Ich werde auf dem Podest daneben parken.

Frau Rädchen sorgt sich um das Diamanten-Rad. Sie hat in letzter Zeit immer wieder etwas Seltsames am Fenster gesehen.

Während ich bei Frau Rädchen bin,
rennt Boss 1 seinem Lieblingshut nach.

Was ist das?
Was ist da vorbeigerast?
Nichts gesehen. Ich klettere auf den Baum und hole deinen Hut.
ZAWISCH!
Häää???

Die Lehrerin ist verärgert. Boss 2 klettert mit dem Hut vom Baum.

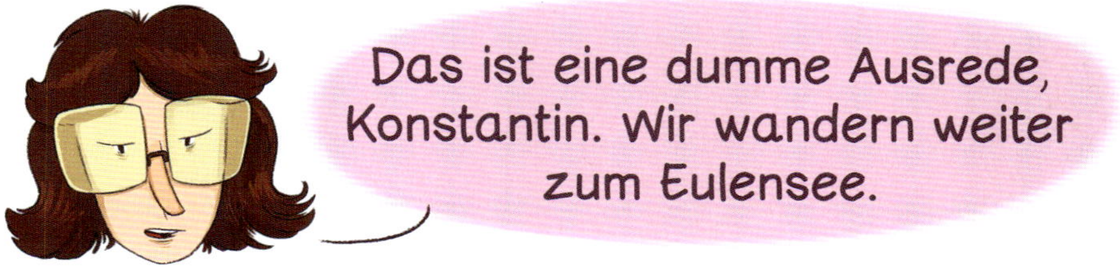

Es ist zu kalt, um im Eulensee zu baden.

Am nächsten Tag ist das Wetter wieder besser. Ich fahre mit meinen Freunden zu Burg Brok. Vielleicht können wir dort mehr über den rasenden Ritter herausfinden.

Ich lege den Berg-Gang ein. Aber als ich auf den Weg zur Burg einbiegen will …

Hier stimmt etwas nicht.
Was kann es sein?

Das Holz des Burgtors ist dick.
Zum Anklopfen setze ich den
Turbo-Holzhammer ein.

Es wird nicht geöffnet.

Ist wirklich niemand in der Burg?

Als wir uns umdrehen, ist das Fenster wieder geschlossen.
Wir rollen langsam den Hügel hinab.
Mit einem Kamera-Auge beobachte ich heimlich die Burg.

Was hat der Lärm zu bedeuten?

Haaaaaalt! Bist du nicht der Detektiv auf zwei Rädern?
Tom Turbo mein Name.
Wir sind Karo und Klaro. Wir haben Tom gebaut.
Bitte kommt rein. Vielleicht könnt ihr mir helfen.

Die Frau dreht eine große Kurbel.
Es quietscht und kracht. Das Gitter geht nach oben. Die Frau winkt uns in den Burghof.

Von so einem Geist haben wir noch nie gehört.

Er spukt seit ein paar Tagen hier. Er lacht und macht Krach.

Ich habe in der Nähe einen rasenden Ritter gesehen.

Kommt er aus dieser Burg?

Die Frau hat noch nie von einem rasenden Ritter gehört.

Ich heiße Pippa Brok.
Seit 600 Jahren gehört die Burg meiner Familie.
Das sind meine Vorfahren.
Sie haben alle hier gelebt.

Gibt es noch alte Rüstungen in der Burg?

Ja, in der Rüstkammer. Ich zeige sie euch.

Frau Brok geht mit Karo und Klaro weiter. Ich folge ihnen im Schleich-Gang. Die Burg ist mir ein wenig unheimlich.

Hier ist auf einmal etwas anders?

Wieso hat der Mann auf dem Gemälde auf einmal andere Augen?
Ich werde es später untersuchen.

Bei wie vielen Rüstungen fehlt ein Teil?

Ich schaue mir alle Rüstungen nochmal an. Diese Teile fehlen.

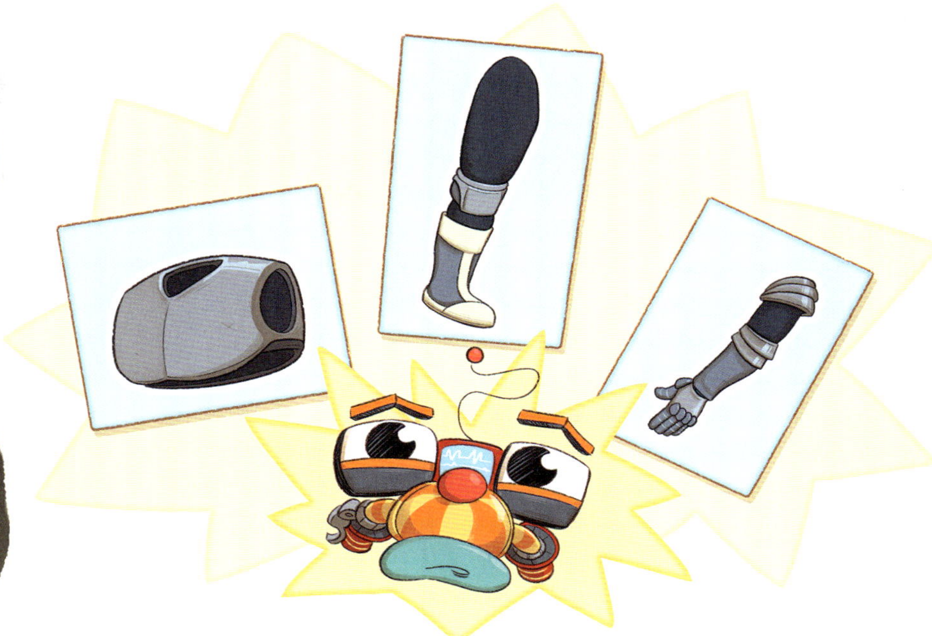

Was will er damit tun?

Ein raffinierter Plan. Pippa Brok sollte nicht bemerken, dass die Teile gestohlen wurden.

Boss 1 und Boss 2 suchen zwischen den Rüstungen nach Spuren. Ich auch. Dabei lasse ich meine Video-Kamera laufen.

Die Rüstungen können nicht von allein umgefallen sein. Jemand muss sie umgestoßen haben. Aber von wo?

Dort hinten hat jemand die erste Rüstung umgekippt.
Die anderen sind umgefallen wie Dominosteine.
Dort hinten ist aber nur eine Mauer. Dort kann niemand sein.

Ich habe doch ein Video gedreht. Vielleicht können wir darauf mehr erkennen.

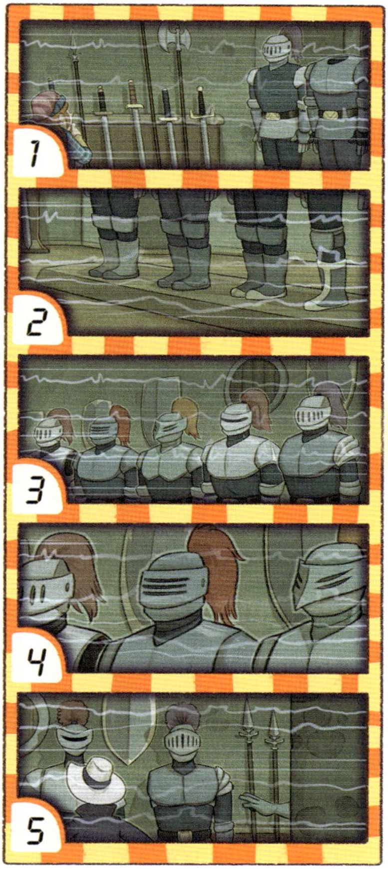

Auf welchem Bild ist sie zu sehen?

14

Sehr rätselhaft. Was ist das für ein seltsamer Spuk?

Was knurrt da?
Mein Magen. Ich habe Hunger.
Kommt mit in die Burgküche.
WARNUNG!
Wieso schlägt mein Warn-Trick Alarm?
15

Gleich darauf ist die Krähe wieder verschwunden. Hat sie uns beobachtet?

In der Burgküche gibt es für Boss 1 und Boss 2 Futter zu tanken. Ich bekomme gutes Öl. Damit schmiert und poliert Frau Brok die Rüstungen.

Die Gespenster-Suchstrahlen können nichts finden. Trotzdem …

Ich schicke jetzt die stärksten Suchstrahlen los, die ich habe. Sie finden den Geist bestimmt.

Schock!
Wieso sind da auf einmal Stör-Strahlen?
Wer hat sie verändert?
Die Strahlen haben
einen Funkspruch
gebracht.

Zum Glück haben die Strahlen keine Störung bei mir ausgelöst.

Irgendetwas ist auf einmal anders.
Aber was?

18

Beim nächsten Blitz knipse ich den Plan der Burg. Nur dann ist etwas zu sehen.

Eine Linie führt zum Saal mit den Gemälden. Aber auch zur Rüstkammer.

Ich habe einen Verdacht, was die grüne Linie zeigt. Du auch?

Der Gang ist die Erklärung für vieles.

Im Geheimgang kann jemand hinter dem Bild stehen und durch die Gucklöcher alles beobachten.

Jemand kann durch den Gang unbemerkt zu den Rüstungen schleichen.

Durch den Geheimgang kann jemand die Teile der Rüstungen tragen.

Jemand kann im Gang stehen
und heimlich den Spuk
veranstalten.

Frau Brok schließt die Rüstkammer auf.
Es muss hier eine geheime Tür geben.
Aber wo?

Ich rolle los. Boss 1 und Boss 2 kommen dicht hinter mir.
Der Geheimgang ist wie ein Irrgarten.
Es gibt auch steile Wendeltreppen.

Der Geheimgang führt tief unter die
Burg. Hier gibt es drei Türen. Eine steht
offen. Welcher Raum ist dahinter?

Zwei Türen sind abgesperrt.
Ich setze den Turbo-Schlüssel ein.

Wir müssen sehr fest drehen und werken.
Dann springt die eine Tür endlich auf.

Dahinter liegt wieder ein Gang.
Wir hören das Prasseln des Regens.

Bei der anderen Tür setze ich den
Turbo-Durchblick-Strahl ein.

Ein Gauner hat hier seine Werkstatt.
Er hat mit einem Gerät Frau Rädchen
im Museum belauscht und beobachtet.
Ich ahne, wie der Gauner heißt, der sich
in diesem Raum versteckt.

Ich muss Boss 1 und Boss 2 in Sicherheit bringen.

Schock! Boss 1 und Boss 2 sind im Verlies. Der Ritter ist ein ferngesteuerter Roboter und höchst gefährlich.

Weißt du, wer der Gauner ist?

23

Tom Turbo gibt niemals auf! Zurück in den Geheimgang. Ich habe einen Plan.

Ich muss turbo-schnell in die Küche.

Mein Plan: In der Küche bekommt der rasende Ritter die Töpfe um die Ohren geschlagen. Aber wo liegt die Küche? Welchen Weg muss ich nehmen?

24

Wo ist der rasende Ritter?
Er ist mir nicht nachgekommen.
So schnell ich kann, rolle ich in den Keller. Rudi Ratte und der Ritter-Roboter sind fort.

Wir fahren durch den Tunnel ins Freie.
Wo sind der rasende Ritter und
Rudi Ratte?

Hoch über uns am Himmel fliegt die seltsame Krähe. Sie gehört bestimmt Rudi Ratte. Er hält damit Ausschau nach dem Transporter mit dem Diamanten-Rad.

Ich wette, die Krähe meldet den Transporter.

ALARM!

Der rasende Ritter hält die drei Lastwagen auf.

Das wertvollste Fahrrad der Welt darf nicht gestohlen werden. In welchem Lastwagen ist es versteckt?

Das könnte mit dem Turbo-Lasso klappen. Ich schleudere es aus der Trick-Kiste.

Boss 2 ist eine turbotolle Kletterin. Rudi Ratte aber nicht. Er kommt nicht auf den Baum.

Boss 1 und Boss 2 waren gestern dort. Ab mit dem Ritter in den ...

27

Der rasende Ritter geht baden. Rauben kann er nicht mehr. Später werden wir ihn aus dem See ziehen. Die Rüstung kommt zurück zu Pippa in ihre Burg.

Klebe ein Foto von dir ein
oder zeichne dich hier

Veronika und Tobias ist das Spotten vergangen!

Tom Turbos Geheimbuch

ISBN 978-3-7074-2582-6

In Tom Turbos Geheimbuch steckt eine Menge turbotoller Überraschungen: Gemeinsam mit Karo, Klaro und Tom macht ihr euch auf die Suche nach der ferngesteuerten Roboter-Krähe, löst Rätsel und geht auf Verfolgungsjagd. Es erwarten euch neue Mini-Fälle zum Mitraten, schlaues Detektiv-Training und ein Quizspiel. Pssst! Nicht weitersagen: mehr über Toms 111 Tricks und die größten Geheimnisse von Fritz Fantom & Co.

FSC
www.fsc.org
MIX
Papier aus verantwortungsvollen Quellen
FSC® C014138

www.ggverlag.at
www.thomasbrezina.com

ISBN 978-3-7074-2640-3
1. Auflage 2024
In der aktuell gültigen Rechtschreibung
Illustrationen: Gerardo Baró und Pablo Tambuscio
Druck und Bindung: Finidr, s.r.o.

Aus Umweltschutzgründen wurde dieses Buch auf chlorfrei gebleichtem Papier gedruckt.